Mr. Jacobs

Eine Geschichte vom Schlagzeuger, dem Reporter und dem Prestidigitateur

Arlo Bates

Writat

Diese Ausgabe erschien im Jahr 2024

ISBN: 9789359946702

Herausgegeben von
Writat
E-Mail: info@writat.com

Inhalt

KAPITEL I.

Trotz Jean-Jacques und seiner Schule gibt es Männer nicht überall, insbesondere in Ländern, in denen übermäßige Freiheit oder übermäßiger Tiffin das Wachstum jener Klasse von Abenteurern begünstigt, die am häufigsten als Trommler bezeichnet werden, oder durch eine noch stärkere Unterwürfigkeit, den rücksichtslosen Raubinstinkt von bestimmten mutigen und skrupellosen Personen kann und wird es mit ziemlicher Sicherheit auch tun; und in jenen zahlreicheren und sicherlich glücklicheren Ländern, in denen von der Wandershow abgeraten wird, wird der unermüdliche Schmeichler, der unter enthaltsamer Hochspeisung geduldig ist, mit Sicherheit zu einem umherziehenden Taschenspieler werden.

Ohne Zweifel der östliche Teil der Welt, wo ein erblicher oder zumindest traditioneller, wenn nicht sogar üblicher oder vielleicht konservativer, um nicht zu sagen legendärer oder, richtiger gesagt, historischer Despotismus nie aufgehört hat, sich zu verfestigen das Blut Russlands, Chinesen, Osmanen, Persiens, Indiens, Briten oder Nantaskets, ein perfektes Beispiel für einen rücksichtslosen militärischen Streit, bei dem weder Blut noch Kriegslist gespart wurden. [1]

[1] Der Herausgeber war hier gezwungen, eine Reihe von Seiten wegzulassen, auf denen das Einzige, was erhaltenswert war, ein Carcanet mit Schwefelquellen war .

Ich war bei Tiffin. Gegenüber saß ein Mann, dessen Diener ihm Wasser in einem großen Kelch brachte, der aus einem einzigen Smaragd geschliffen war. Ich beobachtete ihn genau. Ein Wassertrinker ist für mich immer ein Phänomen; Aber ein Wassertrinker, der das so kunstvoll machte und die Flüssigkeit schlucken konnte, ohne mit der Wimper zu zucken, war eine solche Erscheinung, wie ich sie noch nie gesehen hatte.

Ich verglich ihn mit unseren Nachbarn an der Mittagstheke, die wie die Gefangenen von Circe darum zu wetteifern schienen, durch Versuche herauszufinden, wer das meiste kostenlose Mittagessen verschlingen und für die wenigsten „Pegs" bezahlen konnte – diese abscheulichen Erfindungen von Spirituosen, Eis und Sodawasser, die so viele großartige Vorsätze der Temperance Alliance zunichte gemacht haben, – und ich hatte den Eindruck, dass er der unschuldigste Mann auf der Straße sein muss.

Bevor ich weitergehe, möchte ich versuchen, ihn zu beschreiben. Seine Besonderheit bestand darin, dass er anstelle von Augen Juwelen aus sechs Edelsteinen trug. In ihnen lag eine Tiefe des Lebens und ein vitales Licht, das von der aufgestauten Kraft von hundert oder zumindest neunundneunzig Generationen persischer Magier erzählte. Sie strahlten im Glanz einer gottähnlichen Natur und brauchten weder Tiffin noch Brandy und Limonade, um ihre Kraft zu nähren.

Mein Entschluss stand fest. Ich habe ihn auf Gälisch angesprochen. Zu meiner Überraschung und etwas zu meiner Verwirrung antwortete er mit zwei Worten in modernem Hebräisch. Wir verfielen in ein polyglottes, aber raffiniertes Gespräch.

„Komm und rauche", sagte er schließlich.

Ich schlüpfte in das Büro des Hotels, stellte fest, dass keine Gefahr bestand, und folgte ihm in sein Zimmer.

„Ich bin als Mr. Jacobs bekannt", sagte er. „Mein rechtmäßiger Name ist Abdallah Hafiz-ben-butler-Jacobi."

Wie ich bald sah, war die Wohnung klein – zumindest für Indien – und jeder verfügbare Raum, jede Nische und jede Nische war mit unzähligen Vitrinen mit Attleboros Schmuck gefüllt.

„Ganz schön auffällig?" bemerkte er vertraut. „Ich bin Schlagzeuger."

„Mein Name ist Peter Briggs", antwortete ich. „Ich bin Korrespondent des *Calcutta Jackal*."

"Mein Stern!" er sagte. „Das ist der Hundestern. Ein plötzlicher Gedanke kommt mir", fügte er hinzu. „Lasst uns eine ewige Freundschaft schwören."

Daraufhin erzählte er mir seine gesamte Geschichte, von der Kindheit an. Es war im höchsten Maße interessant, wie ich schon oft gedacht hatte, als ich es in verschiedenen Groschenromanen las.

Er hörte auf zu sprechen, und der abnehmende Mond ging mit einem merkwürdig traurigen Blick auf, der stille, aber tiefe Verachtung zum Ausdruck brachte.

KAPITEL II.

Am nächsten Morgen hatte ich Tiffin.

Ich habe über Mr. Jacobs spekuliert. Eine lange und ereignisreiche Erfahrung mit Drei-Karten-Monte-Männern hatte mich gegenüber Personen, die eine Bekanntschaft mit Vertraulichkeiten beginnen, äußerst schüchtern gemacht; und ich fragte mich, warum er sich die Mühe gemacht hatte, die Geschichte seines Lebens zu erfinden und sich auf einen völlig Fremden zu beziehen. Dennoch schien etwas an dem Mann etwas für den *Kalkutta-Schakal zu versprechen* , und als Jacobs erschien, der trotz seines wilden Kleides und seiner Kniebundhosen wie eine Sonnenblume aussah, verspürte ich den „kleinen Schauer des Vergnügens". „, von Swinburne so treffend mit dem Griff einer Hand ins Haar verglichen.

"Sind Sie verheiratet?" fragte Herr Jacobs.

„Gott sei Dank, nein!" Ich antwortete krampfhaft. "Bist du?"

„Einige", antwortete er düster. „Ich habe drei. Sie sind anderer Meinung. Glaubst du, eine vierte Frau würde sie beruhigen?"

„Ein Mann", bemerkte ich sentimental, „ist ohne Frau besser dran als mit drei."

Sein subtiler Verstand erkannte den Fehler sofort.

„Negatives Glück", murmelte er; „Sehr negativ. Oh, ich würde, ich könnte all die süßen Kreaturen heiraten!"

Nachdem wir unsere Tiffins gesattelt hatten, ritten wir in halsbrecherischem Tempo davon und schafften es geschickt, den Onkel der Heldin zu Fall zu bringen.

„Lieber Onkel", bemerkte die junge Dame beiläufig, als sie heranritt, „ich hoffe, du bist nicht verletzt."

„Was für eine originelle Bemerkung!" rief Jacobs entzückt aus. „Miss Eastinhoe ist schön und vernünftig. Ich mag sie. Was glauben Sie, was sie wert ist?"

KAPITEL III.

Nachdem wir uns unterhalten hatten , lehnten wir uns auf einem Diwan zurück.

„Mein Vater", sagte Mr. Jacobs, „hatte nur eine Frau; ich habe ihm bereits zwei erzogen, wie ich Ihnen sagte, und beabsichtige, ihm noch eine zu geben."

Ich rauchte schweigend.

„Ein Hinweis für den *Kalkutta-Schakal* ", dachte ich zufrieden. „Bigamie in die dritte Potenz erhoben."

„Du hast recht", sagte er langsam, seine halb geschlossenen Augen auf seine Füße gerichtet; „Ja, du hast recht. Aber warum nicht?"

Ich schüttelte mich, trank etwas Sherbert und streifte ungeduldig einen Schuh ab. Diese Lektüre der privaten Gedanken eines Herrn schien mir eine ungerechtfertigte Unverschämtheit zu sein; Doch plötzlich blitzte ein Licht über meinem getrübten Verstand auf, und als ich bemerkte, dass er sich in Trance befand, kam es mir vor, als wäre es unfein, über die Sache zu diskutieren. Ich feuerte meinen Schuh auf ihn ab, um mich von seinem Zustand zu überzeugen, und hielt ihm dann einen Freibrief hin. Er erholte sich sofort und streckte seine Hand aus, um es zu nehmen.

„Ich muss geträumt haben", sagte er und ein Ausdruck der Verärgerung huschte über seine Züge, als ich den Pass wegzog. „Aber ich bin verliebt."

Es war fast Mitternacht, und der immer kleiner werdende Mond kroch empor, als schämte er sich für seine schwindende Schönheit und seinen tränenreichen Blick.

KAPITEL IV.

Am nächsten Tag besuchten wir Miss Eastinhoe . Sie spielte mit einem halb gezähmten jungen Tiffin, einem bezaubernden kleinen Tier mit langem grauen Fell und leuchtend funkelnden Augen, boshaft und fröhlich wie die eines Gnoms. Er war ein Geschenk von Mr. Jacobs an die Dame. Er kostet nichts.

„Sind Sie vergeben?" fragte Miss Eastinhoe , ihre Augen öffneten sich einen Moment und begegneten seinen, fielen aber sofort wieder mit einem Farbwechsel. [2]

[2] Der Herausgeber hatte diesbezüglich seine Zweifel; aber so wie es im Original-Manuskript steht. (S. 69) kommt zu dem Schluss, dass in niedrigen Breiten die Augen bei geringfügiger Provokation ihre Farbe ändern.

„Miss Eastinhoe ", sagte er leise, „Sie wissen, dass ich ein muskulöser Mann bin und drei Frauen habe."

„Oh, das hatte ich vergessen!" Sie sagte; „Ich habe deine Frauen vergessen."

„Unter Naturvölkern und Trägern von Schürzen", warf ich ein, „ist die Ehe ein soziales Gesetz."

„Sie überraschen mich, Mr. Briggs", sagte sie mit einer Miene kindlicher Einfachheit.

Ich hatte das Gefühl, ich hätte den Schlussstrich unter das Gespräch gezogen.

„Wir werden nächste Woche Polo spielen", sagte Herr Jacobs. „Lasst uns in der Zwischenzeit eine bestimmte mächtige Persönlichkeit besuchen."

KAPITEL V.

„Wir gehen um vier", sagte Jacobs, als er nach dem Tiffin in mein Zimmer kam. „Ich habe heute Morgen drei gesagt, aber es ist kein schlechter Plan, die Eingeborenen warten zu lassen."

„Warum gehen wir?" Ich erkundigte mich träge.

„Die bestimmte mächtige Persönlichkeit hat einen Gefangenen, den ich kaufen möchte."

"Wer ist es?"

Er beugte sich vor, bis sein Mund fast mein Ohr berührte, und flüsterte leise:

"Nummer Eins."

„Der Teufel, sagst du!" „Ejakulierte ich, völlig überrascht von der verblüffenden Neuigkeit."

„Denken Sie darüber nach, Miss Eastinhoe zu heiraten ?" „Forderte ich nach einer Pause mit ein paar Tiffins …"

„Ja", antwortete er, „wenn ihre Siedlungen zufriedenstellend sind."

Als wir in der Residenz der gewissen mächtigen Persönlichkeit ankamen, wurden wir in einem Jemadar empfangen, wo ein Sahib die Sowans charpoyte und den Maharadscha tiffte .

„Ich werde dafür sorgen, dass Sie in den Zeitungen bloßgestellt werden", sagte Jacobs streng zu der gewissen mächtigen Persönlichkeit, „wenn Sie nicht vor der dunklen Hälfte des nächsten Mondes den Mann Nummer Eins in meine Hände geben."

Die unsichere, mächtige Persönlichkeit unterzeichnete einen entsprechenden Vertrag mit äußerster Zurückhaltung und mit vielen gewaltsamen Bemerkungen, die sowohl den Vorfahren als auch der Nachwelt von Jacobs gegenüber respektlos waren.

„Was willst du von Nummer Eins?" Ich erkundigte mich, als wir wegfuhren.

„Er ist der einzige lebende Mensch, der verhindern kann, dass eine plattierte Uhr in diesem verfluchten Klima schwarz wird."

„Aber warum hast du mich mitgebracht, wenn du mich nicht
brauchtest?"

„Um ihn mit der Bedrohung durch den *Kalkutta-Schakal zu erschrecken*
. Außerdem, wie sonst könnte man die Geschichte erzählen?"

KAPITEL VI.

Wir fuhren mit unseren Tiffins zurück und trafen Miss Eastinhoe mit ihren Freundinnen.

„Lasst uns auf Tigerjagd gehen", bemerkten wir alle beiläufig.

Als wir nach Hause fuhren, ertönte plötzlich eine Stimme in der Dunkelheit. [3]

[3] Ein weiteres merkwürdiges orientalisches Phänomen, das vom Autor nicht ausreichend erklärt wurde.

„Frieden, Abdallah Hafiz", hieß es.

„Beim heiligen Schürhaken, dem Jibena-inosay !" antwortete Jacobs, der die gebrochene Stimme erkannt hatte.

„Ich habe Geschäfte mit dir", fuhr die Stimme fort; „Ich werde bei dir sein, Anon."

„Es ist Lamb Ral", erklärte mein Begleiter, als die Stimme verklang. „Spöttisch wie immer; jetzt hat man ihn und dann wieder nicht. Wir nennen ihn kurz den kleinen Joker."

„Ist er nicht schwer zu erklären?" Ich habe es gewagt.

„Sehr", sagte er. „Aber wer hat jemals erklärt, wie ein Mann seine Familie jahrelang ohne sichtbare Mittel zum Unterhalt ernähren kann, oder wie jemand auf seinem Ohr spazieren gehen oder in ein Loch kriechen und das Loch hinter sich herziehen kann Ich habe diese Dinge gesehen, ich habe sie gesehen, jeder hat sie gesehen, und die meisten von uns haben sie selbst gemacht.

Später am Abend bekamen wir Besuch von Lamb Ral.

„Gehen Sie nicht auf Tigerjagd", sagte er. „Es wird Sie aus den Grenzen des Schmuckhandels herausführen ."

„ Trotzdem werde ich gehen", beharrte Jacobs.

„Was für ein einzigartiges Stück Handwerkskunst ist dieser Ytaghan !" bemerkte Lamm Ral und deutete mit einer zarten Hand auf die Wand hinter uns.

Als wir uns umdrehten und sahen, dass dort kein Ytaghan war , war der Magier verschwunden und hinterließ einen starken Geruch von Luzifer-Streichhölzern, nahm aber eine Reihe dreifach vergoldeter Uhren mit.

„Seltsamer Mann", sagte Jacobs nachdenklich. „Ich wünschte, ich wüsste, wie er es macht. Es muss profitabel sein."

Kapitel VII.

Wir hatten ein Tiffin mit Miss Eastinhoe . Mr. Jacobs sah in seinem Abendkleid überaus hübsch aus.

KAPITEL VIII.

Beim dritten Polospiel schlug ein ungeschickter Spieler Mr. Jacobs auf den Hinterkopf, wodurch sein Schädel aufschlug. Der Verwundete fiel aus dem Sattel, blieb jedoch mit dem Fuß im Steigbügel hängen und wurde von dem wütenden Araberpony mehrere Meilen weit geschleift.

„Geben Sie ihm keinen Brandy", bemerkte Miss Eastinhoe ruhig. „Wasser genügt auch. Es ist billiger, und da er unempfindlich ist, wird er den Unterschied nicht bemerken."

„Danke", antwortete Jacobs und band seinen Kopf anmutig mit einem weißen Wollschal zusammen . „Wir werden morgen mit der Tigerjagd beginnen."

Er zündete sich vorsichtig eine Zigarette an und fuhr nach Hause.

„Briggs", sagte Jacobs und zog eine geheimnisvolle Trickflasche hervor, „tun Sie, was ich Ihnen sage, oder Sie sind ein toter Mann. Stopfen Sie dieses Wachs in Ihre Nase und baden Sie meinen Nacken mit diesem wirksamen Mittel, das Ihrer westlichen Medizin unbekannt ist." Wenn ich dann nicht vor Mitternacht aufwache, schlafe ich bis zum Frühstück. Du kannst mich leicht wecken, indem du auf den kleinen silbernen Knopf hinter meinem linken Ohr drückst.

Als Zeitungsmann nahm ich natürlich einen alten Brief zur Hand, um seine Anweisungen aufzuschreiben. Ich befolgte getreulich alle seine Anweisungen, und nebenbei muss bemerkt werden, dass ich, als ich das Wachs aus meiner Nase entfernte, einen starken Geruch von schottischem Whisky wahrnahm.

KAPITEL IX.

Wir begannen unsere Tigerjagd. Miss Eastinhoe ritt auf einem Elefanten, den Jacobs, der den Sattel liebte, fröhlich umkreiste und ein Feuer aus kleinen Komplimenten und hübschen Reden aufrechterhielt, von denen er nachdenklich einen kleinen Schluck mitgebracht hatte , an die sich die Dame aber glücklicherweise bald gewöhnte . Er hatte auch vorsorglich dafür gesorgt, dass Läuferstaffeln jeden Morgen frische Rosen durch halbes Indien für Miss Eastinhoe brachten , die er in der Zwischenzeit mit wunderschönem Tiffin-Spiel und persischen Liebesliedern amüsierte.

KAPITEL X.

Nur von einem einheimischen Tiffin geführt, den er mit einer erstaunlichen Fülle schmählicher Schimpfwörter überschüttete, ging Mr. Jacobs in der dunklen und stillen Nacht hinaus und schlachtete einen riesigen menschenfressenden Tiger ab, für dessen Ohren Miss Eastinhoe ein seltsames „Aber" gesagt hatte klar definierte Sehnsucht. Das Tier hatte eine Größe von vierundzwanzig Fuß, und wenn ich die Geschichte ein wenig ausdehnte, kam ich auf siebenundzwanzig.

„Mein lieber Freund", sagte ich, „ich freue mich aufrichtig, dich lebend wiederzusehen."

„Danke, alter Mann", sagte er und verfiel leicht in den englischen Slang. „Wissen Sie, dass ich den Aberglauben habe, dass ich jeden ihrer Wünsche erfüllen muss? Außerdem wird die Haut einen hohen Preis erzielen."

„Ich verehre Sie", murmelte Miss Eastinhoe . „Ich werde die Ohren einlegen lassen."

KAPITEL XI.

Ein alter Yogi stand in der Nähe eines älteren Brunnens. Er legte einen Stein in den Eimer, und der Sklave konnte ihn nicht herausziehen. Plötzlich kam der Boden heraus und der kräftige Wasserträger fiel kopfüber nach hinten ins Gras.

„Haben Sie so etwas schon einmal gesehen, Miss Eastinhoe ?" Ich habe nachgefragt.

„Nein, in der Tat", antwortete sie. „Früher habe ich immer angenommen, dass ein Mann vorwärts gehen muss, um kopfüber zu fallen."

„Ich bin auf dem Weg, eine bestimmte mächtige Persönlichkeit zu sehen", bemerkte Mr. Jacobs und beugte sich lässig von seinem Sattel, um Miss Eastinhoe auf ihr weißgoldenes Haar zu küssen, das so glänzte, dass es den Mond im Großen und Ganzen ziemlich kränklich aussehen ließ ein elektrisches Licht erhellt den Gasstrahl. „Wenn ich dich will, schicke ich nach dir. Lamb Ral hat einen Star-Route-Vertrag und wird dir Bescheid geben."

Er ritt davon und ich rauchte nachdenklich mein Tiffin.

KAPITEL XII.

Die Nachmittagspost brachte mir eine Postkarte:

„Ich werde dich doch wollen. Bitte reite eine Woche lang Tag und Nacht. Es ist eine Frage von Leben und Tod.“

Ich wechselte alle fünf bis sechs Meilen das Pferd und ritt durch den größten Teil Asiens, wobei ich mich von einer leichten, aber eleganten Diät aus Schokoladenkaramellen ernährte. Dann blieb ich stehen, um mit einem auffallend aussehenden Kerl in einem schmutzigen braunen Stoffkaftan Tiffin zu trinken. *Jacobs* ‘ Gesicht veränderte sich, als ich ihm eine silberne Schachtel gab, die Miss Eastinhoe ihm geschickt hatte.

„Das habe ich ihr selbst gegeben;“ er sagte; „Es ist nur plattiert.“

„Mr. Briggs“, warf Lamb Ral entschieden ein, „wir sind dabei, ins Tal hinunterzugehen. Wenn Sie sehen, dass jemand Mr. Jacobs angreift, schlagen Sie ihn nieder. Wenn Sie das nicht können, schießen Sie ihm unter den Arm.“ Entsorgen Sie ihn auf jeden Fall. Ich bin nicht Wiggins, aber ich sage einen Sturm voraus.

KAPITEL XIII.

Nach dem Tiffin gingen wir ins Tal hinunter, um den Abgesandten einer bestimmten mächtigen Person und Nummer Eins zu treffen. Der Abgesandte kam mit einer Schriftrolle, die so unleserlich war, dass Jacobs sich verzweifelt darüber beugte. Der Bösewicht nutzte seine Versunkenheit und legte seine Hand auf die Schulter meines Freundes. Ich sprang auf ihn zu wie eine Bulldogge.

In der Zwischenzeit sorgte Lamb Ral für eine angenehme Abwechslung, indem er einen markerschütternden Nebel vom Himmel herabzog, schwerer als die Rede eines Stadtrats nach dem Abendessen, dichter als der öffentliche Geschmack, lähmender als die Philosophie des letzten populären Romans. Grauenhaft und baumwollartig senkte sich die schreckliche Wolke wie ein Vorhang in die emporgehobenen Arme des Taschenspielers, bis ich vor meiner Nase keinen Zentimeter mehr sehen konnte. Dennoch konnte ich beobachten, dass er sich, wahrscheinlich durch eine Anordnung gekreuzter Hebel, in eine unabsehbare Höhe streckte, und ich sah deutlich, wie er mit einem Auge zwinkerte, während ich meinen Gegner knetete.

Da ich gerade den Arm des Abgesandten wie einen Pfeifenstiel gebrochen hatte und die anderen jeweils jemanden getötet hatten, war der Nebel günstig und unsere Gruppe schlich zurück zum Lager, wo wir alle eine Menge Tiffin tranken. Das Ergebnis unseres Trinkens war, dass Jacobs Nummer Eins auf die Schulter klopfte.

„Du bist ein tyrannischer, guter Kerl", stellte er mit düsterer Stimme fest. „Idiot!"

Lamb Ral und Number One verschwanden im roten Licht, begleitet von klagender Musik aus dem Orchester.

KAPITEL XIV.

Wir kehrten nach Hause zurück.

„Miss Eastinhoe ist tot!" Ich sagte zu Herrn Jacobs.

„Es ist wirklich besser", bemerkte Lamb Ral, der zufällig astral anwesend war und sich im selben Moment auch mit Nummer Eins in Irland aufhielt. „Es gab absolut keinen anderen Weg, die Geschichte abzuschließen. Sie würde keine vierte Frau sein; außerdem war sie eine so schattenhafte Persönlichkeit, dass sich niemand um sie kümmerte."

„Nein", sagte Herr Jacobs. „Das hatte ich völlig vergessen."

„Du solltest besser gehen und Nonne werden", fuhr Lamm Ral fort und lehnte sich auf ein Tiffin. „Der Handel ist langweilig und Ihr letzter Trick mit Glas-Smaragden wurde entdeckt."

„Im Großen und Ganzen denke ich, dass ich das tun werde", antwortete Jacobs. „Briggs, ich habe mein Vermögen Miss Eastinhoes Bruder gegeben, der mich aus der Gosse gerettet hat. Ihnen gebe ich diesen Diamanten. Ich kenne Sie zu gut, um Ihnen etwas anderes anzuvertrauen. Nein", fügte er hinzu, als er meinen fragenden Blick sah. „Fragen Sie nicht nach dem Preis und probieren Sie es nicht mit einer Feile aus, bis ich weg bin."

„Sie werden nicht selbst Nonne werden, Mr. Briggs?" fragte Lamm Ral mit einiger Besorgnis.

„Danke, nein", antwortete ich und zog mein Tiffin über meine Schultern, „ich werde die Sache aufschreiben."

„Danke, edler Freund", sagte Jacobs und ergriff voller Rührung meine Hand. „Du warst der Lehrer und das Genie meiner Liebe. Ich werde Nonne. Sei du selbst, was du aus mir gemacht hast."

Ein letzter, liebevoller Blick, ein weiterer Druck der widerstrebenden Finger, und diese beiden gingen Hand in Hand unter die klaren Sterne, und ich sah sie nicht mehr.

NACHSCHRIFT.

Ich stellte später fest, dass das Vermögen, das Mr. Eastinhoe hinterlassen hatte , hauptsächlich aus den drei verlassenen Frauen von Mr. Jacobs bestand.

„Ich hatte keine Möglichkeit, sie zu unterstützen", bemerkte Mr. Eastinhoe ernst, er kam aus Bombay, und Männer in Bombay lächeln nie, „also war ich gezwungen, sie als Tiffin servieren zu lassen. Was würden Sie nehmen?"

„Eine Stange Tiffin", antwortete ich mit einem nachdenklichen Seufzer.

FINIS.